Felix Dörmann

Gelächter

Felix Dörmann

Gelächter

ISBN/EAN: 9783744626385

Hergestellt in Europa, USA, Kanada, Australien, Japan

Cover: Foto ©Andreas Hilbeck / pixelio.de

Weitere Bücher finden Sie auf **www.hansebooks.com**

Gelächter.

Wen Gott verderben will,
Den macht er
Zur Individualität --
Und dann . . . . . lacht er.

(Ibsen.)

Felix Dörmann

Gelächter.

Dresden, Leipzig und Wien

E. Pierson's Verlag.

1895.

Sr. Excellenz

dem Herrn Markgrafen

Alexander von Pallavicini

dankbar und ergeben

F. D.

Erste Reihe.

Ein Gewinde weißer Blüten,
  Florverhüllt,
Möge jene Stätte hüten,
Wo dein Schicksal sich erfüllt.
Was ich Herbes auch empfunden,
Was die Liebe mir verdarb,
Ist gelind hinabgeschwunden,
Als die junge Blüte starb.
Wilde Flammen sacht verlohten,
Schmerz und Groll erstickt die Zeit,
Dem Gedächtnis einer lieben Toten
Ist mein Buch geweiht.

Und als ich heute mit dir so ging,
Ein thörichtes Träumen die Seele befing.

Die Last meines Lebens war von mir genommen,
Und ich war endlich zur Ruhe gekommen.

Wir waren beide so seltsam weich,
Im Herzen erblühte ein Himmelreich.

Und lind und langsam verlosch das Brennen,
Das wir mit Sehnsucht bisweilen benennen.

Doch als wir dann von einander schieden,
Da war's auch zu Ende mit Freude und Frieden.

Da ist das entsetzliche Leben gekommen,
Hat wieder Besitz von mir genommen.

Da hieß es von Neuem kämpfen und streiten
Und Thaten vollenden, die Ekel bereiten.

Und spät, recht spät durchbrach die grauen Wände,
Die regenschweren, licht ein Sonnenschein
Und küßte das erglühende Gelände
Und saugte lächelnd Thränenschauer ein.

Ich möchte alle Edelsteine sammeln
Und alle Rosen, die der Frühling trieb,
Und kann doch nichts, als immer wieder stammeln
Das eine arme Wort — ich hab' dich lieb.

Weißt du noch? Dort auf sonniger Halde?
Frühling! Und Veilchen! Und Sonnenschein!
Mutter verloren wir drunten im Walde,
Ich und du — ganz plötzlich allein. —

Ach, wir brauchten uns nicht erst zu fragen,
Beide haben wir's lang' schon gewußt:
Nur ein Blick — und jauchzend lagen
Wir einander Brust an Brust.

Du sollst die Arme um den Hals mir schlagen,
Und auf die Lippen küß' mich fest, recht fest,
Und laß den Bergweg dann hinauf dich tragen;
Dort in dem Felsen wölbt sich eng ein Nest;
Die grünen Zweige gleiten dicht darüber,
Die ganze Welt geht achtlos d'ran vorbei,
Dort lös ich dir das dumme, böse Mieder,
Daß meinen Küssen keine Schranke sei.
Ich hab' dich lieb, du süße, tolle Kleine,
So lieb, daß ich beinah' mich schämen muß —
Verstehst du mich, mein Wildfang? Was ich meine?
Du lächelst Spitzbub! Gib mir einen Kuß!

Was bist du heut' so finster und verschlossen?
  Was ist dir denn durch's kleine Herz geschossen?

Hat dich ein unbedachtes Wort gekränkt?
Hab' ich zu wenig Küsse dir geschenkt?

Du bist doch sonst ein lebensfrohes Blut;
Ich bitt' dich, kleine Frau, sei wieder gut!

Wohl — zu der wilden Herrlichkeit
   Der dunkelbraunen Augen,
Mag das verschwieg'ne, bange Leid
Der schwarzen Rose taugen.
O flicht in's Haar die Rose sacht,
Und küß' mich fest und lang —
Dann zittert aus der weiten Nacht
Ein jauchzender Gesang.

In jenen Tagen, wo ich qualbeladen,
   Ein müder Pilger, nach Erlösung schrie,
Da warst du mir die Mutter aller Gnaden,
Das Brot des Lebens warst du mir — Marie

Du wahrtest mich vor allzufrühem Ende;
Wenn ich zum Leben mich emporgerafft,
Dank ich's dem Streicheln deiner süßen Hände
Und deiner Küsse lebensheißer Kraft. —

Geh' nicht von mir, laß deine Liebe dauern,
Ich bin noch lange, lange nicht gesund —
Und lautlos, aber siegessicher lauern
Des Abgrunds Kinder auf der Seele Grund.

Um deine nackten Schultern laß mich breiten
Den Mantel meiner wilden Zärtlichkeiten.

Das Blut meines Herzens, mein zuckendes Leben,
Mein Letztes will ich dir, mein Bestes geben.

Aufschluchzen soll der Engel Schar vor Neid
Ob uns'rer trunkenen Glückseligkeit.

Aus ihrer Brust mit schweren Flügelschlägen
Aufrauschen soll die Sehnsucht nach dem Segen,

Nach jenem Glück, das leuchtend in uns brennt,
Der Sohn des Himmels nur aus Träumen kennt,

Nach dem er sich verblutet und verzehrt,
Das ihm kein Gott, das ihm der Mensch nur lehrt.

Blaßgrüne Sterne glimmen,
    Nachtvögel huschen sacht;
Dein Antlitz will verschwimmen
Im blauen Dunkel der Nacht.

Nur deine Augen starren
Gespenstig, riesengroß —
Wir sind zwei traurige Narren
Und werden die Liebe nicht los.

Mattgelbe Flore deine Nacktheit hüten —
 Ein blasses Kerzenlicht im letzten Raum
Und früh erschlossene Kastanienblüten
Achtlos verstreut an uns'res Lagers Saum.

Wie rosenrotes, zartes Erz erschimmert
Dein junger Leib — wie süß ist seine Last!
Und wie dein großes Auge feucht erflimmert!
Und wie du drängst — o jugendliche Hast!

Wie deine Brüste auf und nieder wiegen . . . .
Noch säumt der Sturm, der in den Nerven wühlt.
Ach, es ist süß, so regungslos zu liegen,
Von deiner Küsse lauer Flut bespült.

Und langsam hinter Dickicht und Tann'
Das letzte blasse Licht verrann.

Ein schwarzer Spiegel .... das Wasser stand,
Wir schritten ganz langsam am Uferrand.

Die wilden Enten schrieen im Rohr;
Aus deinem Blick sich die Freude verlor.

Die Worte klangen so tonlos und leer,
Als ob die Liebe gestorben wär'.

Dein Blick ist fremd und kalt dein Kuß —
   Es ist an der Zeit, daß ich scheiden muß;
Das Feuer ist ausgegangen!

Lüg' mich nicht an, und sag' nicht „Nein" —
Mir weht ja die Kälte in's Herz hinein;
Wie tot deine Worte klangen. — — —

Es wird schon geh'n! Ein wenig schwer
Ist nur der Anfang! Die Welt ist so leer,
Man weiß nicht recht, was beginnen.

Die Liebe half über vieles hinweg —
Man fand im Leben sogar einen Zweck,
Jetzt heißt es, was Neues ersinnen.

Und haftig schied ich aus der Freunde Kreis;
Die Augen wurden mir so seltsam heiß . . . .

Durch öde Straßen zog der müde Schritt,
Gedanken zogen ruh'los, ruh'los mit.

Von meiner Stirn der freche Gleichmut schwand;
Die Seele flog nach ihrer Sehnsucht Land.

O, wer noch einmal vor dem dunklen Ende
Den Weg zu dir und deiner Liebe fände!

Ich habe dich geliebt so heiß und schwer,
So liebt man einmal nur — und dann nie mehr.

Verloschene Lampen und Kerzen,
  Lautlos starrende Nacht. —
Ich kann nicht schlafen, im Herzen
Ist stachelnde Sehnsucht erwacht.

Ich will zu dir mich schleichen,
Erbrechen dein einsames Haus;
Und ginge mein Weg über Leichen —
Ich hole dich doch heraus.

Noch einmal dich erringen!
Und geh'n wir auch beide zu Grund' —
Ich muß dich niederzwingen
Und küssen den zuckenden Mund.

Nur wenig Tage noch, dann ist's ein Jahr,
Daß ich geküßt ihr goldigbraunes Haar

Und ihrer Wangen lieblich blasses Rot,
Und ihre Lippen, die sie willig bot.

Auf tiefen Thälern lag der Abendschein,
Auf freier Höhe ruhten wir allein.

Ein Windhauch kam vorbei mit scheuem Flug,
Der süße Zukunftsträume mit sich trug.

Kaum, daß ein Wort von unsern Lippen rann;
Nur heiße Küsse sprachen dann und wann . . . .

Bin zur Kirche hingegangen,
    Aufzurichten meinen Mut.
Und mein Herz hat voll Verlangen
Und in kindlichscheuem Bangen
Am Altar geruht.

Weihrauchdämpfe bläulich quollen
Um den hocherhob'nen Gral,
Und die Kirchenchöre schwollen,
Weinend in geheimnisvollen
Lauten um des Gottes Qual.

Wie ein Tier, das oft geschlagen,
Scheu und ängstlich, kroch heran
Jene Sehnsucht ihm zu klagen,
Was er doch nicht mit mir tragen,
Nicht einmal begreifen kann.

Ich hab' einen Zettel gefunden,
  Mit blasser Tinte darauf:
Erinnerung am Gmunden.
Die alte Zeit zog auf . . . .

Ein Windhauch hat gefächelt
So mild mein müdes Haupt —
Das Glück hat mir gelächelt,
Weil ich an's Glück geglaubt.

Die grauen Wolken jagen,
   Die Felder sind öd' und verschneit,
Ich hab' meine Trauer getragen
Hinaus in die Einsamkeit.

Ich darf es ja keinem sagen,
Daß mir das Herz zerbricht,
Den Wolken nur darf ich es klagen,
Die Wolken verraten mich nicht.

O Glück, das ich besessen,
Das rauh der Sturm vertrieb!
Ich kann dich nicht vergessen,
Ich hab' dich viel zu lieb.

Das Wort wird spät gezimmert,
   Ist kalt und fremd . . . . ein Sarg
Für Leben — das geflimmert
Sekunden wild und stark . . . .

Dein teures Antlitz sieht auf mich hernieder,
Die dunklen Augen grüßen groß und bang,
Als wüßtest du, daß mir das Herz zersprang;
Und meine Lippen stammeln Lieder . . . Lieder.

Vergeſſen . . . . . . Vergeſſen
Iſt gar ſo ſchwer . . . . . .
Wenn nur dieſe thörichte
Sehnſucht nicht wär' . . . . .

Du warſt ein ſüßes,
Liebreizendes Kind,
Doch andere tauſendmal ſüßer ſind . . .
Erſt geſtern hat mein Blick geſtreift
Ein üppiges Kind, ſo ſchwer gereift.
Sie ſah mir ſo lange,
So fragend nach,
Aus ihren Augen
Ein Leuchten brach . . . .

Ich will hinaus,
Will ſuchen geh'n,
Sie ſoll mir helfen —
Ich will ſie ſeh'n . . . .
Sie ſoll mich küſſen —
Das Mädchen iſt jung —
Sie tötet vielleicht
Erinnerung . . . . .
Beſudeln ſoll ſie
Mein thörichtes Leid,
Mit Füßen treten
Die alte Zeit.

Was will denn das jauchzende
Sommerglück; —
Was strömt es immer wieder
Heiß durch alle Glieder
Zur Seele zurück . . . . . .

Ich trag' es nicht weiter,
Ich muß wieder heiter
Und fröhlich sein,
Muß das Lied überschrei'n.
Das Lied, das mir die Seele singt
Und das so süß und so schmerzlich klingt,
Das Lied meiner kleinen Braut. —
O Seele, grausame Seele,
Du singst das Lied so laut . . . .
So laut . . . . . .

Erfüllt ist meiner Seele tiefstes Fleh'n,
Ich habe dich ein letztesmal geseh'n.

Ein Schleier sinkt auf meines Lebens Leid,
Die Lippe lächelt — es ist Schlafenszeit.

Zweite Reihe.

Die Thränen, die sich mir drängten
    Zum Auge brennend heiß,
Nur heimlich die Seele versengten,
Nicht gab ich der Welt sie preis.

Die Lieder, dem Herzen entstiegen
In Sehnsucht und grollender Scham,
Ich hab' sie den andern verschwiegen,
Kein menschliches Ohr sie vernahm.

Zerschmettert ohn' Erbarmen
Ist alles, was mich gemahnt,
Daß ich in deinen Armen
Das Glück meines Lebens geahnt.

Vor kurzer Zeit noch wollt' ich mich ermorden. —
Ich habe viel gejammert, viel geflennt. —
Das hat nun alles, Gott sei Dank, ein End',
Ich bin vernünftig, froh beinah' geworden. —
Das Leben nicht so furchtbar schwer zu nehmen,
War aller Leute wohlgemeinter Rat;
Und ich befolgt' ihn gründlich. — In der That!
Ich hänge jetzt besonders am Bequemen,
Ich mache weder mir noch Andern Sorgen,
Ich esse und ich trinke ziemlich viel,
Am Abend noch ein kleines Kartenspiel —
Und dann ein Schlaf bis in den hellen Morgen.
Der Hausarzt schwört: — ich würde täglich fetter
Und fett wär' mir gesund. — Man fühlt dabei
Sich so behaglich, so gedankenfrei. — —
Und neulich meinte schon ein lieber, netter
Caféhausfreund mit cognacschwerer Zunge:
Wahrhaftig, wenn ich eine Dame wär',
Ich wünschte dich zum Freunde — ja noch mehr ....
Du machst dich nach und nach, mein süßer Junge.

Daß ich dereinst, mein Kind, für dich gelitten,
   In scheu verhüllter, thränenloser Qual
Und lange Nächte mit dem Tod gestritten,
Erscheint mir heut' so thöricht und banal.

Weil man zwei rote Lippen nicht mehr küssen,
Zwei blasse Hände nicht mehr streicheln kann,
Deswegen Sehnsucht nach Revolverschüssen? . . . . .

Ich liebe deine zartbeflaumten Wangen
Und deinen Leib, so frisch und köstlich-kühl;
Doch eines, Kind, darfst du mir nicht verlangen:
Die Leidenschaften und das Sturmgefühl!

Ich bin ja recht geneigt zu kleinen Scherzen,
Ein bischen Plaudern und, wenn man schon muß,
Ein Viertelstündchen auch an deinem Herzen,
Doch schenk' mir den „berauschenden“ Genuß.

Ich folge ja nicht „ungestümen Trieben“,
Nicht „dunkler Sehnsucht“, die den Sinn bethört;
Nur aus Gewohnheit pfleg' ich noch zu lieben —
Und weil die Liebe zum Beruf gehört.

Man ändert sich — die liebesschwülen Phrasen,
    In denen ich dereinst vergnügt geprahßt
Und die bekannten sinnlichen Extasen,
Sie sind mir heute nahezu verhaßt.

Man ändert sich und wird erstaunlich älter,
Betreibt die Liebe längst nicht mehr als Sport,
Die Küsse werden spärlicher und kälter —
Und schließlich — schickt man die Geliebte fort.

Man ändert sich und plaudert von Problemen
Der hohen Politik, vom Biergenuß —
Und ist bereit, ein liebes Weib zu nehmen,
Das man sich allerdings erst suchen muß.

Ich möchte dir ja wirklich gern erzählen
  Mit heißen Worten, zärtlich und genau,
Daß mich Gefühle neuerdings beseelen
Und dir sich neigen, seltsam schöne Frau.

Doch leider, leider kann ich's nicht verhehlen:
Mein Blut ist bleich und rieselt dünn und flau;
Ich will dir lieber einen Freund empfehlen!
Er ist so frisch und rein wie Morgentau,

In seinem Kinderherzen kaum erglommen
Ist jenes Feuer, das mir längst verblafft;
Ich rat' dir gut, er wird dir wohl bekommen,
Er träumt noch von der großen Leidenschaft!

Sein Anblick schon wird deine Nerven stärken;
Auch ist er gern bereit zu frommen Werken!

Jetzt stören keine Träume meinen Schlummer
Und alle Sehnsucht tieferschrocken schweigt.
Ich lebe ganz vorzüglich — täglich Hummer
Und Caviar, Austern, frisches Obst — geneigt

Sind mir solide Männer — brave Gatten
Und alte Tanten, selbst die strengerzogen
Ein mildes Lächeln für den Jüngling hatten,
Als er den Rücken ehrfurchtsvoll gebogen.

Ihr habt's erreicht, geregelt ist mein Leben,
Ihr habt's erreicht, es war die höchste Zeit —
Und doch und doch — ich könnte Alles geben
Für eine Nacht der alten Seligkeit.

Noch einmal ist mit unendlicher Macht
Die thörichte Sehnsucht erglommen,
Noch einmal bin ich im Dunkel der Nacht
Vor deine Schwelle gekommen.

Die brennenden Glieder, ich streckte sie aus
Auf regenverwaschenen Stufen,
Ich hab' von deinem traulichen Haus
Hinein in der Wetternacht Hagelgebraus
Die Qual meiner Seele gerufen.

— — — — — — — —

Doch als der Sonne hellfunkelnde Pracht
Erglommen den Himmelsbogen,
Da hab' ich mich trotzig selber verlacht —
Und bin von dannen gezogen.

Dritte Reihe.

Wie ein Schatten schwindet, gleitet,
 Was der Seele teuer war.
Ob sich Größeres bereitet,
Ob zum Abgrund niederschreitet,
Was die Sehnsucht einst gebar? —

Alle Stimmen ruh'n und schweigen,
Tiefe Nacht umhüllt mein Haupt.
Ob die Loose fallen, steigen?
Lautlos zieht der Stundenreigen,
Doch die blinde Seele glaubt.

Das war ein Sprießen und Weben,
    Ein Wühlen, ein Drängen, ein Schrei'n!
Das langverstoßene Leben
Zog jauchzend bei mir ein.

Und glühend glitten und quollen
Empor aus verschüttetem Schacht
Die prangenden, wundervollen,
Lichtfunkelnden Träume der Nacht.

An meiner Seele klang ein Lied vorbei
Von lebensmüder Liebesraserei,

Von einem dumpfen, thränenlosen Leid,
Von schwer erkaufter, scheuer Seligkeit;

Von Menschenherzen, noch im Tod vereint . . . . .
Ich glaube, meine Seele hat geweint.

Laß in deinen Schoß mich flieh'n,
　　Mir ist so bang, so bang;
Sei du der Seele Narkotin
Und ihr Erlösungstrank.

O kühle, kühle diese Glut,
Die mir das Hirn zernagt;
Laß strömen deiner Thränen Flut,
Bis mir ein Morgen tagt.

Mir ist so bang, so schwül, so schwer,
Gib mir die Hand, die Hand;
Ich will mich halten — her, komm her!
Sie haben mich erkannt . . . .

Sie tilgen mir die Seele aus,
Dann stirbt mein stolzer Sang,
Dann muß ich betteln von Haus zu Haus
Und war doch ein König so lang . . . . .

Und jeder sucht ferne dem andern
Auf einsamen Pfaden das Glück, —
Nur manches Mal noch wandern
Die heißen Gedanken zurück. —

Nach jenen sonnigen Stunden,
Wo leuchtend ein Glauben erstand: —
Wir hätten das Glück gefunden
Am Wege Hand in Hand.

Ich zog durch Nacht und Elend — du bist rein.
Was kannst du mir — und was kann ich dir sein?

Ich kann nicht anders werden, als ich bin,
Vergang'nes schlepp' ich nach mit krankem Sinn,

Ich habe Stunden, wo der Dämon siegt,
Der ewig lauernd mir am Herzen liegt.

Ich weiß, du könntest mich ja nie versteh'n,
Du würdest angstvoll schaudernd von mir geh'n.

Sei fromm und glücklich, danke dem Geschick,
Das dir erspart in meine Brust den Blick,

Ich zog durch Nacht und Elend — du bist rein,
Was kannst du mir — und was kann ich dir sein.

Sie that soviel für mich, die arme Frau,
    Es quält mich, wenn ich ihr in's Auge schau!

Ich weiß, ich weiß, was sie von mir erhofft,
Was sie für mich erlitten, oft und oft.

Die Träume kenn' ich, die sie treu gehegt
Und die Enttäuschung, die sie bitter trägt.

O Mutter, kannst du mich auch nicht versteh'n,
So laß mich trotzdem meine Straße geh'n.

Der Weg ist schwer, entbehrungsreich und lang
Und meine Seele zittert ahnungsbang.

Du weißt nicht, süße Mutter, was ich litt,
O gieb mir deinen Abschiedssegen mit.

O nicht den Blick voll wehen Vorwurfs — nein!
Glaub' mir, ich kann nicht, kann nicht anders sein.

Noch einmal, Mutter, eh' ich scheiden muß —
Verzeihung, Segen und den letzten Kuß.

Die herbstlich fahle Welt umloht
    Ein heißes, krankes Abendrot.

Um meine Seele werben
Das Leben und der Tod ... —

Ich möchte jauchzend sterben ....:

Lautlos,
 Mit geschlossenen Augen,
Dürstend die Lippen gewölbt,
Harrt meine Seele
Reglos am rauschenden Strome des Lebens.
Aus bangen Träumen
Mondlichttrunkener Sommernächte
Schauert ein Ahnen auf
Selig und scheu . . . .
Herüberwehen
Aus weiter Ferne
Fühlt sie den heißen Duft des Glückes . . . . .
Lautlos betend
Harrt meine Seele
Jener Stunde,
Wo es hereinbricht
In schweren Wellen
Das große Glück,
Das alle Sehnsucht stillt.

Leise zittern ihre silberweißen Schwingen . . . .

Das Feuer, das in deiner Seele sprüht,
  Hat deine schmalen Wangen bleichgeglüht;

Und jene Sehnsucht, ewig ungestillt,
Die rastlos, wie ein Blutstrom quillt und quillt,

Sie trübte deiner Augen hellen Schein,
Und feine dunkle Falten schnitt sie ein

Inmitten deiner Brauen dunklen Bogen,
Und deine Lippen hält sie weh verzogen;

Ich weiß, dir ist das Leben schwer und lang,
Ich weiß, du rüstest dich zum letzten Gang . . . .

Geh' deinen Weg — ich halt' dich nicht zurück,
Für unsresgleichen ist der Tod das Glück.

Das letzte, blasse Glück der Unheilbaren,
  In weichen Wellen strömt es auf uns ein;
Es ist ein Ahnen seligster Gefahren,
Kein Sonnenrot — nur scheuer Widerschein.

Ich will nicht reden und du sollst nicht fragen,
Was unsre Seelen silberweiß durchbebt,
Wir wollen's nicht durch's graue Leben tragen,
Es bleibe süß und blaß — im Traum erlebt.

Die weißen Flocken gleiten
    So träumerisch und schwer . . . . .
Warum denn weiterschreiten,
Ich weiß den Weg nicht mehr.

Die weißen Flocken gleiten,
Ein blasser Frieden winkt,
Warum denn weiterschreiten,
Wenn alles niedersinkt . . . . . .

Die weißen Flocken gleiten.

Die Regenströme rauschen,
  Der Himmel ist nebelumgraut,
Ich muß den Stimmen lauschen,
Sie rufen so laut, so laut.

Sie zürnen und sie klagen,
Sie halten mir es vor,
Daß ich mein Leben ertragen,
Als ich mich selber verlor.

Sein Hauch des Lebens rötet ihr Gesicht,
Es ist so bleich und kühl wie Sternelicht.

Um ihren Leib, den hohen, üppig-schlanken,
Mit leisem Rauschen Pelz und Seide schwanken.

Ein schwüler Duft von schwerem Chypre schwimmt
Berauschend um sie her, gespenstig glimmt

Um ihrer Stirne blasses Elfenbein
Blaßrötlicher Rubine fahler Schein;

Kaum, daß ihr Händedruck die Finger streift,
Ihr müder Blick an mir vorüber schweift,

Gleichgiltig fremd, kaum daß sie mich erkennt
Und fragend, zögernd meinen Namen nennt;

Den Namen, der ihr einst im Überschwang
Des Glückes jauchzend von den Lippen sprang,

Den sie gestammelt einst zur Frühlingszeit
Mit leisen Lauten tiefster Zärtlichkeit.

Der Regen rieselt . . . . . Im grauen Licht
Verschwimmt deine zarte Gestalt;
Wir suchen einander und finden uns nicht
Im grauen Licht —
Und wir plaudern so klug und so kalt.

In der Jugendzeit, in der Jugendzeit! —
Weißt du noch, wie uns geschah?
Die Wünsche, sie flogen so wild und so weit
In der Jugendzeit,
Und die Sterne waren so nah.

Der Frühling ist tot und der Sommer verrann,
Die Blüten verdorrten so bald,
Das große Sterben der Seele begann,
Der Sommer verrann —
Und wir plaudern — so klug und so kalt.

Ich liebe dich noch immer, schöne Frau,
Doch anders, als ich jemals nur geahnt.
Gleichgiltig ist mir jenes schlanke Wesen,
Das anmutschillernd heute mir begegnet;
O nein, ich liebe dich als Abglanz nur,
Als süßes, trügerisches Spiegelbild
Von jenem träumerischen, scheuen Kind,
Das du gewesen warst in fernen Tagen,
Eh' noch des Lebens giftig-schwüler Hauch
Versengend deine blasse Stirn gestreichelt . . . . .

Und seltsam schauerlich durchkreuzen sich
In meiner Brust die alte Kinderliebe,
Die jählings auferstand aus tiefem Schlummer
Und sich nicht bannen läßt, und jenes fremde,
Kaltschleimige Gefühl, das meine Seele
Verhängnisvoll umspinnt an deiner Seite.
Was hat das Schicksal für uns aufgespart?
Wer von uns beiden geht zu Grund — am andern?

Jagt mich empor, und sei's mit Rutenhieben,
    Empor aus dieser schläfrig-dumpfen Schwermut.
Die Nachtgedanken löst mir aus dem Schädel,
Die Nachtgedanken, die mit hartem Lachen
Den Willen lähmen und die Kraft verkrüppeln.
Gebt irgend etwas, das mich hält und treibt,
Das mich vergessen läßt, wie sinnlos traurig,
Wie tonlos grau, wie ekelhaft das Leben;
Gebt irgend etwas, das befreit und rettet
Aus diesem Wust von Sehnsucht, Wahn und Weh;
Begeist'rung gebt mir, eines Strebens Ziel,
Und eine Arbeit, eine blutigschwere . . . . .

Mit kranken Sinnen und verwelkten Nerven
  So keuchen wir die freudenöde Bahn,
Und unf'rer Qualen Stachelkränze schärfen
Verirrte Sehnsucht und vergreister Wahn.

Nach lichter Reinheit lechzen alle Seelen,
Nach einem Ende namenloser Not,
Und fieberschauernd wir die Stunden zählen
Und sterbend träumen wir — ein Morgenrot.

Wo strömt das Heil, nach dem wir alle beten,
Wann fällt der Tau, der unf're Dürre tränkt?
Wann wird der Gott in unf're Mitte treten,
Der siegreich jauchzend unf're Schritte lenkt?

Der Sturm, der mit brausenden Flügeln
Schwer athmend die Lande durchflog
Und jauchzend auf herbstlichen Hügeln
Die stöhnenden Eichen bog —

Er kam mit leiserem Grollen
Zu mir herangerauscht,
Kaum, daß er mit liebevollem
Geflatter den Mantel mir bauscht.

Mit leisen, zärtlichen Flügen
Mein Haar zurück er weht,
Und Angst auf den ehernen Zügen
Nach meinen Augen er späht:

Wann wird deine Seele gesunden
Von Menschenliebe und Leid,
Noch nicht den Weg gefunden
Zur einsamen Herrlichkeit?

Das Lied, das meine Seele sang,
  Klingt leiser, immer leiser,
Die Stimme, die so süß einst klang,
Sie zittert seltsam heiser.

Ein harter, böser, falscher Ton
Er schneidet frech dazwischen,
Als wäre der Seele — die Seele entfloh'n,
Als wollte sie verwischen

Mit greller Heiterkeit
Ein böses, krankes Sehnen,
Ein dumpfes, arges Leid,
Vielleicht auch Thränen.

Was könnt' ich dir, mein Freund, von mir erzählen;
  Ich bin nicht traurig, bin nicht froh bewegt.
Der müde Gleichmut der enttäuschten Seelen
Hat sich mir bleiern auf die Brust gelegt.

Man trottet fort im alten Lebensgleise,
Ein braver Karrengaul — und manchesmal
Regt sich geheimnisvoll und schamhaft leise
Begrab'ner Sehnsucht hoffnungslose Qual.

Der keimende Frühling, die Dämmerung,
Der laue, streichelnde Wind! . . . . .
Ich wollte, ich wäre noch einmal jung,
Ein ungebändigtes Kind.

Wie wogte die Seele in Liebe und Haß
Und schwoll in glückseligem Leid,
Wie strömte der Augen befreiendes Naß
In der alten, stürmischen Zeit.

Verstoben der brausende Überschwang,
Der selige Sturm verweht,
Die friedlichen Alltagsstraßen entlang
Ein trauriger Spötter geht . . . . .

Ich weiß nicht, was ich dir schreiben soll,
Mein Herz ist von drängender Sehnsucht so voll.

Ich möchte hinaus in blühendes Land
Und bin in Gefängnismauern gebannt.

Ich möchte jauchzen und springen und schrei'n —
Und muß ein gehorsamer Arbeiter sein.

O Freiheit, o Leben — mein Herz ist so voll
Von sehnender Trauer und brausendem Groll.

Noch kann ich höhnen und hadern,
Noch blüht mir zur Sünde der Mut,
Noch rauscht mir durch die Adern
Das rote Rebellenblut.

Noch greif' ich mit eisernen Fängen
In's rollende Zeitenrad,
Noch kann ich die Muskeln zwängen
Zur lichten, erlösenden That.

Noch bin ich der große Verderber,
Der todesfreudige Mann —
Und brause auf bäumendem Berber
Den keuchenden Knechten voran.

So süßer Anmut war dein Wesen voll,
  Daß mir das Herz in heißer Sehnsucht schwoll. —

O wer's vermöcht', Vergang'nes zu vergessen,
Bleischwere Thaten, die das Herz zerpressen,

Und rote Sünden, die zum Himmel schrei'n!
Wer so wie du wär, makellos und rein!

Ach, seine Geschichte ist schnell erzählt.
Zuerst hat ihn die Liebe gequält

Und später die Sorge um's tägliche Brot.
Das Leben hat seine Seele verroht,

Er sank und sank . . . . Im Arbeitsfrohn
Ist ihm noch manchmal ein Seufzer entfloh'n,

Ein Laut der Klage — und dann und wann
Versickerndes Herzblut zum Liede gerann.

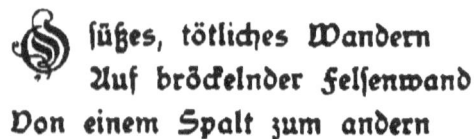 süßes, tötliches Wandern
Auf bröckelnder Felsenwand!
Von einem Spalt zum andern
Tasten mit suchender Hand!

Bei jedem Schritt zu wissen:
Ein Fehltritt, ein rollender Stein —
Und rettungslos niedergerissen
Und tot — und selig sein.

Ein rauher Wind aus Norden,
Schneewolken schleichen tief,
Was bin ich müd' geworden,
Ein Kind, das sich verlief.

In einer stillen Ecken,
fernab vom Windsgebraus,
Möcht' es sich gern verstecken
Und träumen vom Vaterhaus.

Kein Lichtschein will ihm blinken,
In Nacht verschwimmt das Land,
Da muß es niedersinken
Und weinen am Straßenrand.

In einen kristallenen Becher
  Goß ich die purpurne Flut
Des Herzens, ein trunkener Zecher
Zerschlug den rotleuchtenden Becher
In taumelnder Wut.

Der Becher liegt in Scherben,
Die Menschen lächeln Hohn,
Die Seele muß verderben,
Der rote Quell ist entfloh'n.

Der Sand hat ihn verschlungen,
Die Sonne fraß ihn auf,
Und geifernde Menschenzungen
Spieen, ja spieen darauf.

Hochragende Mauern, verwittert und kahl;
Auf dorrenden Bäumen ein zitternder Strahl

Der blassen Sonne, die müd' und vergrämt
Beinahe des eigenen Lichtes sich schämt.

Die Tage sind lang und trostlos leer —
Und lang sind die Nächte und träumeschwer,

Das Leben schleicht endlos vorüber —
Die Seele wird trüber und trüber . . . .

(Das Mädchen spricht:)

Kehre wieder .... kehre wieder ....
Nur für eine .... eine Nacht ....
Deine stürmischen, saugenden Lippen
Will ich empfinden,
Deiner Finger
Zitterndes Tasten,
Bis der Gürtel reißt und fällt .....
Schließe mich wieder in deine Arme
Fest und fester,
Bis sich in Zittern, Jauchzen und Stöhnen
Siegreich entfaltet mit mächtigem Brausen
Dunkel hinflutende Leidenschaft .....
Löse das Haar, umfasse das Haupt mir,
Schließe der Finger pressende Reifen,
Reiße mich nieder
In Nacht und Wonnen;
Dein bin ich, dein ....
All' meine Sinne
Glühen und beten,
Zittern in durstiger Sehnsucht nach dir.
Kehre wieder, kehre wieder.

Hörst du das ferne Weinen?
Ist das nur der irrende Wind?
Viel eher will es mir scheinen,
Es ist ein irrendes Kind.

Es ist vielleicht am Ende
Die irrende Seele mein?
Sie ringt die zitternden Hände
Und möchte bei mir sein.

O Seele, du mußt verzeihen,
Ich bin ein armer Mann,
Der keine Hilfe leihen,
Der dich nicht retten kann.

Gefesselt an Händen und Füßen,
Von tausend Schergen bewacht,
Hör' ich dein schluchzendes Grüßen
In einsamer Kerkernacht.

Wer wird den Weg dir weisen?
Wer giebt dir Licht und Brot? —
Wie lang wirst du noch reisen
Durch dieses Lebens Not? —

Das Leben trat schreiend auf mich zu
Und riß mich jählings aus träumender Ruh'.

Die Stimmen, die in der Seele sangen,
Sie schwiegen erschrocken still und verklangen.

Was schüchtern empor aus der Tiefe drang,
Auf's neue lautlos zur Tiefe sank. —

Aufknospende Blüten verwehte der Wind,
Und ich ward wieder zum Menschenkind,

Das mitten unter den andern weilt
Und ihre kärglichen Freuden teilt. — —

Und immer ferner verschwimmt im Raum
Der ahnenden Kindheit himmlischer Traum.

Ich fuhr empor — an meines Lagers Rand
Hoch aufgerichtet, starr — das Leben stand.

Es war ein breites, fahles Bürgerweib
Mit widerlich gedunf'nem Mutterleib.

Die Hände in den Hüften eingestemmt,
Sah sie mich an: neugierig, frech und fremd.

Ein dumpfer Haß aus ihrem Auge rann
Als heis'ren Tons zu reden sie begann:

Geduld, mein Söhnchen, ein paar Jahre noch,
Dann schleppst auch du vergnügt an meinem Joch,

Heut' blähst du dich und findest mich gemein —
Und morgen — wirst du mein Geliebter sein.

Und Not und Verzweiflung und Scham und Verlangen
Um Herrschaft über die Seele rangen.

Zum Leben erhob ich die flehenden Hände:
O mache der Qual des Kampfes ein Ende.

O gib mir endlich den Siegerpreis,
Um den ich gestritten entsagend und heiß.

Das Leben jedoch hat kühl gelächelt,
Die nackte, freche Brust sich gefächelt,

Und meinte behaglich: — „Du wirst nicht siegen,
Du bist von jenen, die unterliegen".....

„Und all' meine glühenden Lichtgestalten?"
„Sie werden verblassen und werden erkalten."

„Und das Ende, wie wird das Ende sein?"
— „Verirrt und gemein."

Diese Unrast der Gedanken,
    Die mit allen Winden jagt,
Dieses Zweifeln, dieses Schwanken,
Das nicht Wunsch, noch Hoffnung wagt! —

Lebenskranke, müde Seelen,
Werdet ihr noch jemals jung?
Sah noch keiner ahnend schwelen
Lichte Morgendämmerung?

Und wenn ich frage, was mich dann und wann
Ganz lind und leise noch bewegen kann,

Was meiner Seele stillen Gleichmut stört,
Scheinbares Leben aus dem Nichts beschwört —

Erinnerung ist's — ein Duft, ein Bild, ein Klang,
Der unvermutet an die Seele drang

Und mich an jene ferne Zeit gemahnt,
In der ich alles Leben scheu geahnt,

Die Welt der Andern mir versiegelt war,
Und wo ich träumend eine Welt gebar.

Nun schloß um mich das Leben
Den bunten, lauten Ring —
O, daß mein heißes Streben
So ganz verloren ging.

In meiner Seele schweigen
Die Freude und die Qual,
Gebroch'ne Blüten neigen
Verendend sich zu Thal.

Es weht ein banges Schauern
Der Winde drüber her,
Ein zitterndes Bedauern,
Ein Klagen hoffnungsleer.

Vernichtet sind die Saaten
Und werden nie ersteh'n;
Noch träumt die Seele Thaten,
Doch keiner wird sie seh'n.

Noch einmal wogt ein voller Orgelstrom
Durch meiner Seele längst entweihten Dom . . .

Heut' sollst du mich nicht küssen, geh' doch fort!
Heut' quält dein Kuß, dein Blick — quält jedes Wort

Ich will ja wieder deinesgleichen sein
Von morgen ab, doch heut' — laß mich allein.

Noch einmal wogt ein voller Orgelstrom
Durch meiner Seele längst entweihten Dom . . . . .

Ein Heimweh nach traumlosen Tiefen
Die schwere Seele befällt,
Nach Zeiten, wo sie noch schliefen
Die Boten der anderen Welt,

Wo sie noch nicht versenkten
In's Herz die brennende Saat,
Die sträubenden Sinne bedrängten,
Zu lieben die schreckliche That.

Seitdem sie mich erkoren,
Gefäß und Erfüllung zu sein,
Ging mir das Leben verloren —
Und Elend tauscht' ich ein.

Und wieder jenes Beben
Der Sehnsucht die Seele durchfliegt
Nach einem lebendigen Leben,
Das eng an's Herz sich schmiegt.

Und was es immer wäre,
Ein Freund, ein Weib, ein Hund —
Nur nicht diese einsame Schwere,
Ich geh' daran zu Grund.

Der Erste.

Ich hab' mir das Leben von oben betrachtet,
Ich fand es gemein — und hab' es verachtet.

Der Zweite.

Ich bin in seine Tiefen gedrungen,
Mich hat eine schauernde Ehrfurcht bezwungen.

Der Dritte.

Ich bin auf den Grund alles Lebens gekommen,
Da ward mir die Lust zum Leben benommen.

Und feinste Luſt und lichtes Glück verheißt
Die Qual des Lebens, die das Herz zerreißt.

Und mögen Dornen meinen Leib zertrennen,
Ich fühle ſüßer nur die Sehnſucht brennen.

Und wird unendlich erſt des Lebens Pein,
Wird auch des Todes Luſt unendlich ſein.

Leuchtender Erkenntnis Quellen
Strömen in die Brust mir ein
Und den Busen fühl' ich schwellen
Und erweitern sich zum Sein.
Alle Meere, alle Sterne,
Frühlingshauch und Wetterblitz
Nehmen von der Brust Besitz;
Schlanker Blumen scheues Sprießen
Fühlt die Seele still vertraut,
Lebensströme sieht sie fließen,
Hört des Todes Seufzerlaut. —
Unersättlich im Begreifen,
Darf sie rastlos schauen, schweifen
Durch die Welten klein und groß —
Und sie sieht die Saaten reifen
Und verwelken — zeitenlos . . . .

Vierte Reihe.

In der heiligen Nacht.

Die Lichter funkeln durch die heilige Nacht . . .
Aus tiefem Schlaf mein altes Herz erwacht.
Lebendig wird ein süßer Kindertraum,
O heilige Nacht, o grüner Tannenbaum!
Uralte Lieder durch die Seele klingen,
Ein frommes Sehnen hebt die scheuen Schwingen,
Mein Herz wird weich, die Thränen rieseln sacht,
Die Lichter funkeln durch die heil'ge Nacht!

Ein Hauch der Jugend durch die Seele weht!
Wie war doch jenes kleine Hausgebet?
Du lieber Gott, der du im Himmel bist
Und deiner treuen Seelen nie vergißt . . .
Wie ging es weiter? Ach, ich weiß nicht mehr,
Daß ich gebetet ist schon lange her.
Noch einmal, eh' die Sonne untergeht,
Ein Hauch der Jugend durch die Seele weht.

O Jugendglauben, heißer Kindermut!
Wie stürmisch sie doch rann, die rote Flut!
Wie tollten in das Leben wir hinein,
Wie sind wir heute kalt und klug und klein.
O, daß die Flammen, die so licht geloht,
Verloschen sind in dieses Lebens Not.
Verblichen Traum an Traum im Boden ruht,
O Jugendglauben, heißer Kindermut.

O daß der Sorgen grauer Aschenregen
Erbarmungslos erstickt den jungen Segen,
O heil'ge Nacht, was hast du mich erweckt,
Aus meines Lebens Einerlei geschreckt?
Vergessen war mein letztes Glück gewesen,
Was zwangst du mich, in meiner Brust zu lesen,
Mein ganzes Dasein prüfend abzuwägen!
O dieser Sorgen grauer Aschenregen!

Ein altes Lied, das ernste Lied vom Leben,
Wer nicht erschlagen wird, muß sich ergeben.
Ich weiß, was ich an Licht und Kraft empfing,
Ich weiß auch, was an mir verloren ging.
Die Glocken jauchzen Menschenheil und Glück —
Wie traurig klingt die Antwort doch zurück.
Millionen können keine andre geben
Als diese eine: Mich betrog das Leben.

Die Glocken jauchzen und die Lichter funkeln,
Wir aber pilgern hoffnungslos im Dunkeln;
Aus Kinderseelen Jubellieder steigen —
Wie lange noch — und diese Lieder schweigen.
Ist erst zum Leben unser Herz erwacht,
Versinkt für immer uns die heil'ge Nacht.
Für Kinderseelen tausend Lichter funkeln,
Wir aber pilgern ohne Trost im Dunkeln.

Danse Serpentine.

Gedämpfte Geigen singen,
Die Flöten jauchzen darein,
Hernieder auf Aeterschwingen
Senkt sich ein Scharlachschein.

Die Farbe wechselt und schwindet,
Jetzt ist es schmachtendes Blau,
Es gleitet herab und umwindet
Lustzitternd die herrlichste Frau.

Die Glieder wogen und wiegen
Von farbigen Floren umhüllt,
Wie schimmernde Schlangen sich biegen,
Von trunkener Sehnsucht erfüllt.

Und wilder weinen die Geigen,
Erzittert der Flöten Gesang,
Die Glieder sich dehnen und neigen
In mystischem Lebensdrang.

Jetzt ist es träumendes Schreiten —
Jetzt flattert ein Schmetterling,
Der sich im taumelnden Gleiten
In einem Lichtstrom verfing.

Zum tanzenden Sterngebilde
Verschwimmt sie, zum sprühenden Rad
Die Wirbelnde, Trunkene, Wilde,
Geküßt von der feurigen Saat,

Die ewig in wechselnden Wellen
Auf sie herniederrinnt,
Mit jauchzenden Farbenquellen
Die bebenden Glieder umspinnt.

Und jetzt umhüllt sie das Dunkel,
Ein letztes gespenstiges Licht,
Wie fahler Fäulnis Gefunkel
Die schwarzroten Lippen umflicht.

Noch einmal ein fieberndes Brennen
Der Augen — in lohender Pracht
Zwei Blitze das Dunkel zertrennen,
Und dann verschlingt sie die Nacht.

Du bist die Lust und das Leben,
Die sündenselige Gier,
Der Rausch und die Sehnsucht schweben
Als dienende Geister mit dir.

Das Mädchen und die Lilien.

Letzte müde Abenddämmerung, jäh verlöschendes Licht.
Farben und Formen lösen sich in einem schweren, kalten
Blau.

Feierlich und zierlich wiegen und schwanken drei dunkel-
gelbe Osterlilien in einem hohen, grünen
Röhrenglas.

Wie der schüchterne Hauch eines Windes streift sie die
Erinnerung — sie zittern.

Gestern, flüstert die erste, schmückten wir ein dunkles,
wirres, halbentbundenes Haar, durften uns
niederneigen, langsam und verstohlen, und den
düstern Bogen zweier Brauen leise küssen —
und die leicht gebräunten Lider, die zwei nebel-
graue, traurige Augen schützend umschlossen.

Der Mund aber konnte lachen; wie zwei rote Schlangen
tanzten die Lippen auf und nieder.

Und die Lilien neigten die nickenden Häupter gegen-
einander und erzählten, wie schön es gestern
gewesen sei . . .

„Wir haben uns mit einem jungen Mädchen im Tanze
gewiegt!"

„Wir haben ihr verliebte schwer duftige Worte in's
Ohr geflüstert!"

„Wir haben unsre Seele in ihr Haar veratmet — wir
müssen sterben und verfallen — aber wir
waren glücklich!"

Scheu und selig verriet die zweite Lilie: Ich bin den
weichen Flaum ihres Nackens entlang geglitten
und habe ihn geküßt, tief unten, wo er mit
leichter Biegung im kühlen Silberlila ihres
Kleides verschwand.

Die dritte Lilie aber war sehr traurig und sagte ganz
leise: Ich kann Euch am meisten von ihr
verraten: heimliche Zwiesprache hielt ich mit
dem haftig kreisenden Strom ihres Blutes;
ich hörte den hilflosen Sehnsuchtsschrei ihrer
suchenden Seele; aus öden trostlosen Feldern
klang er an mein Ohr, aus grauen, drückenden
Einsamkeiten.

Sie hat die Straße verloren, die zum Glück führt: sie
sehnt sich nach dem Leben.

Und ich weiß, das Leben wird kommen, wenn sie ruft;
mit schamlosem, frech vertraulichem Lächeln
wird es an sie herantreten, mit täppischen,
groben Händen wird es in das feine Silber-
gespinnst ihrer Seele greifen — und wird es
zerstören.

Und sie sehnt sich nach dem Leben. — — — —

Pax.

Eisengraue, schründige Felsenwände schließen sich zu
einem tiefen Kessel zusammen; darüber hin
ein Himmel von einem schwülen, lauernden
Weißlichgrau, das sich auf die Nerven legt,
so schwer, so lastend wie Duft von Tuberosen.
Fernher über die matten, glanzlosen Felsenmauern
starren die Alpen, eine dunkle Gipfelreihe,
von veilchenviolettem Dunste leicht umwoben.
Feierliches Schweigen rings.
Kein rauschendes Laub, kein jauchzender Vogelsang.
Kaum, daß ein Windhauch in die Tiefen niederstreicht
und leise, leise an den düstergrünen Wipfeln
der Cypressen rührt und streichelt, oder wilde,
weiße Rosen schüchtern schaukelt — wie wenn
sein süßes Spiel ihm Frevel schiene.
Bleiche, bröckelnde Marmorgestalten ragen aus wirren
Büschen von Immergrün und Epheu empor
und halbverfallene Säulen; dort aber, wo die
granitenen Wände tief hinein in den steinigen
Boden schießen, reiht sich Totenkammer an
Totenkammer.
Ungefüg und plump, mit schmetternden Hammerschlägen
in trotzig starrendes Gestein hineingetrieben die
eine, zierlich gemeißelt, marmorumkleidet, mit
üppigen Corintherfäulen die andere. —

Und auch am Boden, den die breiten, großen Fliesen
glätten und verkleiden, reiht sich Gruft an
Gruft. —

Entfärbte Blumen, braungedörrte Palmenwedel sind
darüber hingestreut als todeswelke Zeichen
der Liebe, und dazwischen wuchert Gras
empor — spärlich — arm. —

In Fugen und Nischen und ausgetretenen Bodenfliesen
sammelt sich das Regenwasser; vergilbte und
verkrümmelte Rosenblätter wiegen sich darauf
und dürre Reiser. —

An Grüften und Kapellen vorüber schreitet ein Mönch
und entzündet Kerze um Kerze. —

Groß und ruhig brennen die bleichen Flammen, kein
Windhauch, der sie beugte — die Luft ist still.

Feierliches Schweigen rings!

Lautlos süße Seligkeit des Todes — Frieden.

Inhalt.

Erste Reihe.

Seite

Ein Gewinde weißer Blüten 3
Und als ich heute 4
Und spät, recht spät 5
Weißt du noch 6
Du sollst die Arme 7
Was bist du heut' 8
Wohl — zu der wilden Herrlichkeit 9
In jenen Tagen 10
Um deine nackten Schultern 11
Blaßgrüne Sterne 12
Mattgelbe Flore 13
Und langsam hinter Dickicht 14
Dein Blick ist fremd 15
Und hastig schied ich 16
Verloschene Lampen 17
Nur wenig Tage noch 18
Bin zur Kirche 19
Ich hab' einen Zettel 20
Die grauen Wolken 21
Das Wort wird 22
Vergessen . . . . 23—24
Erfüllt ist meiner Seele 25

Zweite Reihe.

Die Thränen 29
Vor kurzer Zeit 30
Daß ich dereinst 31
Ich liebe deine 32

Man ändert sich 33
Ich möchte dir. 34
Jetzt stören keine 35
Noch einmal 36

Dritte Reihe.

Wie ein Schatten 39
Das war ein Sprießen 40
An meiner Seele. 41
O laß in deinen Schooß 42
Und jeder sucht 43
Ich zog durch Nacht 44
Sie that soviel. 45
Die herbstlich fahle Welt 46
Lautlos 47
Das Feuer 48
Das letzte, blasse Glück 49
Die weißen Flocken 50
Die Regenströme 51
Kein Hauch des Lebens. 52
Der Regen rieselt 53
Ich liebe dich noch immer 54
Jagt mich empor 55
Mit kranken Sinnen 56
Der Sturm 57
Das Lied 58
Was könnt' ich dir. 59
Der keimende Frühling 60
Ich weiß nicht. 61
Noch kann ich höhnen 62
So süßer Anmut 63
Ach, seine Geschichte 64
O süßes 65
Ein rauher Wind 66
In einem kristallenen Becher 67
Hochragende Mauern 68
Kehre wieder 69
Hörst du das ferne 70

Das Leben trat schreiend 71

Ich fuhr empor 72

Und Not und Verzweiflung 73

Diese Unrast 74

Und wenn ich frage 75

Nun schloß um mich 76

Noch einmal wogt 77

Ein Heimweh 78

Und wieder jenes Beben 79

Ich hab' mir das Leben 80

Und feinste Lust 81

Leuchtender Erkenntnis 82

Vierte Reihe.

Heilige Nacht 85 86

Danse Serpentine . . . . 87—88

Das Mädchen und die Lilien . . . . 89—90

Pax . . . . 91—92